林立

花山周子

目次

林立

二〇一〇年

粉々

「身体のしんそこまで冷えること。そういう感じの寒さ。」　底冷え

ふらんすぱんは硬くなってる立ちながら齧らんとして粉々になる

林立一

杉の伐採を雇用対策になさんとする麻生元首
相の計画いかになりけん

深閑と杉立ち並び杉の息青息吐息霧流れゆく

ふれあいの広場にけやき葉を落とし葉はすべりゆく広場一面

一石二鳥、否《いな》、一石五鳥くらいの鳥が落ち来る政策

電車の中に咳をこらえおれば猫のようなるくしゃみついて出づ

生臭くあかい夕日はたれながら本当にもう疲れた眼《まなこ》

君の頭のめぐりの悪さああ、ここに私は生きて考えている

手の中の魚だろうか枯葉ふるこの秋晴れの動く気配は

三時草の実は乾きいて小春日の路面の端にちらちら揺れる

放り出されてしまったようなわがからだ冬の日差しを吸って軽いな

北風にシンプルな涙こぼしつつ橋渡りゆく私も人も

「ぜんぜん星みえねえけど」流星群どっと流れる夜だよ今日は

わが背骨、立派な骨と褒められて納得がいく
わけもなく冬

遊覧船しまわれているみずうみにつぎたされ
つぎたされ空の青色

痩せてゆく顔、というよりせりだしてきたわ
が額、というより骨だ

人間も林立してるこの朝の体温は電線に凝《こご》る
椋鳥《むくどり》

杉の根の軟弱さなど思いつつポケットに手を
入れてバス待つ

さらさらと雨ちりてのち一日の植え付けられ
てゆく光はも

杉山に人は孤独に散らばって文明開化の音を
聞くべし

登ったきりの坂だったらいい雲ひとつ喩えら
れたきりに浮かぶよ

ハックゾーン

ハックゾーンと呼ばるるロシアその面積を思う四角いウィンドウに向き

ハッカー（創造する人）クラッカー（破壊する人）それぞれに空間は広く用意されいる

腕失いしマルスの像は失いし腕のつづきの創造をせり

吊り下ろされたかなしみぞここガントリー・
クレーンは海に向きて夕暮れ

林立二

ヨーロッパにスギの移植をせんとせしフィリップ・
フランツ・バルタザール・フォン・シーボルト

欧州に「貧者の外套」と呼ばしめて森あり森
を人は糧とし

「日本全土に生えている樹木の約四分の一は
杉」の鬱積

前髪を切り揃えゆくさりさりと鋏の音を目を
閉じて聞く

長野県佐久市《さくし》新子田《あらこだ》「邑書林《ゆうしょりん》」より今日届き
たる本の褐色《かちいろ》

バス停にあしたの白い息はいて薄荷のような
空気を吸えり

木の周辺部は白太《しらた》と云うが中心部は赤身《あかみ》と云える　魚のごとし

近づかんとすれば茅《ちがや》の輪のように私を通す風景がある

けやきの木真面目に立っている昼をふたたび
空は雪を吐きいる

球根のように沈黙するわれをなでていた手の
雪の冷たさ

シーボルトが鎖国の国へ来し頃の〈鎖国〉と
いうは出来立ての言葉

校庭に颪ただならず次々に赤い三角ポールが
転ぶ

シーボルトより逆輸入してわれは知るスギは
日本の在来固有種

知ってると嘯《うそぶ》くわれの横顔の口が尖っていた
こと思う

冬のふすまに金の画鋲で留められた一枚の紙
のようなぺらぺら

国木なき日本にたびたび起こるというスギを国
木にせんという意志

胃の裡に火が付いている冬の夜の寝返り打ち
て火を消さんとす

遠山にはりつけられてゆきにけるしろがねの
箔　杉の木立の

スギがこんなに増えた日本の再びのあさぼら
け杉の息が匂うよ

背負うほどの月日をもたず春霖《しゅんりん》に若木の杉は
しんねりと立つ

明日の明るさ

目の前でバスを逃して思い返す玄関を出るまでの私を

輪郭と輪郭重ね濡れている傘に根っこが生え
てしまった

自己紹介をするときいつもハの音が空間にう
まく放出されない

目を閉じて電車に居りて橋を渡る音が聞こえる東京に入る

犯人は障子屋だったという夢の障子屋はどこから登場したのか

あかねさすトーテム・ポールゆくゆくは捩じり鉢巻き巻きて私は

明日の明るさ　悪口を言いながら人は人に惹かれる

風

卒業制作展中のきさらぎのキャンパスに居場
所なかりき

切り結ぶ風と風との間にて目だけを上げて君と話せり

点滴を打たんと思う。まなこから力が失せているると言われて

東京は未だに寒く風受けるわれの前髪鋼のようだ

返り咲く冬

返り咲く冬かと思う三月の雪しみじみとポストを冷やす

ベランダに出るための窓大きくてあいたまま
浅く空気が入る

ほとんど羽でできていたのか鳩ちらばってそ
の羽の量　木のめぐりを埋める

手の甲が乾けりわれはさびしかり紙の束《たば》より
紙くばりつつ

二日目の徹夜の夜更け片耳がふさがってゆく
たびに鼻を抓《つま》む

テンペラでだんだんに描いていったのは手の
平に浮かびくる静脈

春になり物差しもわずか伸びていん本にあて
本の束《つか》を測りぬ

林立三

杉花粉少なき今年はるばると冷たき春の光は
来たり

地から湧く春草ふみてふみてゆく草、愛情の
ごとき種々《くさぐさ》

嘘から出た誠のような生《せい》もあれ切株に吹く銀杏の芽立ち

子孫繁栄願う証に植物が一斉に体《たい》ひらけば匂う

かの懐かしき電信柱は杉なりき明治の都市に
林立したり

一九五〇年（昭二十五）「造林臨時措置法」制定

日本の復興に貢献するべくもなく適材適所の
適所あらなく

一九六三年（昭三十八）論文「栃木県日光地方におけるスギ花粉症Japanese Cedar Pollinosisの発見」が斎藤洋三により執筆される

古河電工日光電気精銅所付属病院耳鼻科に患者急増せり

「水のように透明な鼻水がとめどもなく流れ出し」杉大量植林の後の日本

日本にはまずないものと云われいきたかが半
世紀前のことだが

スギの学名はCryptomeria Japonica D.Don
スギ花粉症発見されしとき既にアメリカに枯
草熱とう病名は有り

枯草熱はスギ花粉症を含む季節性アレルギー症状の総称

枯草熱とうさびしき病患いて顔震わせて人は嚔《くさめ》す

春風に杉の樹冠は揉み合える戦にも似る交合のさま

杉山の花粉は山に山火事のけむりのごとき
打ち靡く見ゆ

霞ヶ関農林水産省内林野庁図書館へと堅牢な
即ち昭和の廊下を歩む

日本の中枢機関と思えども森閑とせる石肌《いしはだ》の床

日に焼けた視聴覚室のカーテンのかさかさの音四月の風に

七月の温度が高いとスギはストレスを受け翌年花粉飛散量が増大する

一本の杉の花粉は渦巻き銀河のごとき天文学的数値

大量の花粉揺さぶり吐く杉の往生際は極めて悪し

筆立てに豚毛の筆が乾きいて獣の匂い微かに
匂う

杉花粉に涙ぐむ人おのずから目に哀しみのと
もなうあわれ

スギ花粉は直径約三〇ミクロン

顕微鏡四百倍の明るさに視ているスギの花粉
は清し

おもてでは風が動いている春の夜の無風の机
に向かう

原っぱ

公団団地抜けて原っぱ蜂にキスここははじ
めっからの原っぱ

四月の雨

一日中茹でられている筍の匂いが雨に混ざり
ゆく窓

金槌で前歯叩きいし事などを割れずに残る歯に触れて思う

標識の一々雨に打たれいる道すがらわれは道を過《あやま》つ

春なのに寒くて首をすくめおり横断歩道は車
の時間

理性

公園の鳩蹴りながらあゆみゆく鳩は蹴られず
前に退きゆく

感情が乏しい体乗り換えの駅のホームで人に
ぶつかる

我《が》が我《われ》のモスラのような蛾が我の胸に羽ばた
く胸を反らして

夏のはじめの夕ぞら黒い蝙蝠が飛び交いながら次第に暮れる

遠い空から日脚は伸びて禾草《のぎくさ》の叢のあたりに広がりている

プラットホームに立ちながら嗅ぐ草いきれ自
転車でゆく人の見えつつ

酔っぱらっても理性はあるぞわれはゆく左に
右に電信柱

林立四

低気圧覆う重たき前髪の茂りたる葉よ木に譬うれば

椎の木林の　すぐそばに　小さなお山が　あったとさ（注一）

彩雲の彩の光は2Hの鉛筆の芯ねかせつつ描く

丸々坊主の　禿山は　いつでもみんなの　笑いもの
藪枯らし伸びようとする手のうちはまだやわらかく蔓ぬれている

「これこれ杉の子　起きなさい」
子供等が少国民でありし頃国民学校に少国民等唄う

縦笛のように細々流れくる息聞いている杉の
木立は

にょっきり芽が出る　山の上

うっすらとさみどりの雨杉苗は苗圃《びょうほ》に草のご
とくに萌えて

「杉？　ああ、あれは草ですわ」（注二）

プラスチックのような葉っぱのみどり色千切って持てり握れば痛し

大きな杉は何になる

含水率の最も高き杉材を乾かさんとして100℃を超えつ

約100℃の高温強制乾燥に杉が嘔吐せるべ
たべたのもの

国産材の持続的栽培資源としての活用と環境の両立を！！
「適材適所の会」

鉛筆は我が国では木筆と呼ばれ珍重されたり

両腕の力萎えつつ　夕空に黒い鳥はも杉状《すぎなり》に
ゆく

お日さま　出る国　神の国　この日本を護りましょう

戦時下に「お山の杉の子」「闇の中の一筋の
光のように」愛唱されつ

昭和十九年、少国民歌として作られし「お山の杉の子」戦後、焼跡ソングとなれり

黒南風が居間のうちまで伸びてきてしぶとく蠅の飛び回りおり

わが国のたちなほり来し年年にあけぼのすぎの木はのびにけり　昭和六十二年歌会始　昭和天皇御製

禿山の禿の光の光明のあけぼの杉は杉にはあらず

高照らす日の皇子黒くおりにける一本杉のうしろのしょうめん

外《がい》生《せい》菌《きん》根《こん》菌《きん》に頼らず縷縷としてAV菌根菌と共生す

大杉だ　大杉だ

あしひきの禿山いくつ生みにける戦《いくさ》覆いて育つ杉はも

明るい　楽しい　このお国　わが日本をつくりましょう　つくりましょう（注三）

鼻の頭に汗をかきつつ願いとは遠いところで夏の匂いす

髭根《ひげね》に近き根と書かれある杉の根のあるいは根明《ねあか》と思う六月

注一　「お山の杉の子」（作詞：吉田テフ子　補作：サトウ・ハチロー）戦災で親を失った子どもたちを励ます趣旨の軍事保護院献納の少国民歌。昭和十九年に少国民文化協会が行った懸賞募集の第一位入賞歌であり、選者のサトウ・ハチローが補作し、同年十一月に『少国民文学』に発表された。歌詞の出典は『日本の唱歌（中）』（講談社）。

注二　「三重県の老舗の木材業者の親父さんは、「杉？　ああ、あれは草ですわ」と言ってのけた。（略）古来、杉はヒノキより一段も二段も低く見られてきた。価格もヒノキが二倍以上も高い。（略）杉は安物の木材の代名詞であった。まず量が多いので希少価値がない。おまけに水分を多く含み、乾燥に手間がかかった。」

船瀬俊介『奇跡の杉―「金のなる木」を作った男』（三五館）

注三　「お山の杉の子」は戦後、三～六番の歌詞がサトウ・ハチローによって改修された。

どくだみの花

4Hの鉛筆に下書きをする雪ノ下の葉の白い
葉脈

産まれたという言の葉の初夏の草いきれして
メール届けり

野《の》襤褸菊《ぼろぎく》ひらききらないような花コンクリー
トの罅より咲けり

少年二人ふざけやまざり握りいるペットボトルの影ゆらしつつ

蠅叩きにぎりいし手を洗いおり梅雨に入りゆく昼台所

聞こえないよと言われて出したわが声は怒れ
るごとし一日の終わり

自画像を幾度も描きし受験期に熟知したりし
われの顔かも

友の子のまた増えにけり生まれた子しばらく
抱けり友のとなりで

老いてなおうさぎは白きままにして一反木綿
のごとくのびおり

初夏の光に雨が降っていて母子草の葉の産毛
は弾く

友の子としゃがんで友を待っている友に似て
いる髪なびきいる

雨が降りそう　黄ばみはじめた夕暮れの鴉の
声が籠もりて聞こゆ

遠くまで行くのは嫌だ雨降りで石ひとつひと
つの眼

でんしんばしら思い浮かべていたりけりどく
だみの花白く匂えば

五島さん

めっきり減ったと五島さんが言う草のように
甘藻が戦ぐ海底の藻場が

冬の海に海藻が繁茂することを知らざり冬の
海を知らざり

海は非常にデリケートなんだよ、と五島さん
は語気を強めて教えてくれる

沼津港

何の銘柄吸っていたっけ幼き日たずねてゆきし夏の祖父はも

いつか見し蠟のようなる手の甲の手甲《てっこう》に覆われその甲見えず

千本松の木陰に猫がたむろしてくつろいでいる重い潮の香

ゆりかもめ飛び交う先をふかぶかと鳶の翼が
下降してゆく

沼津港の内側に波たゆたいて夏の日ざしの重
たく揺れる

石切り場の先に墓地ありその奥に火葬場のあり香貫山の麓

死にたれば夕べあかるく湧きている向こうの雲に時間はゆるぶ

夏の翅

雌日芝《めひしば》が露で光っている道に風が渡って露ちらしたり

三時草の爆ぜたるのちのさびしかる錆色の実
を真夏に見おり

三時草の実は側溝にはみ出してやじろべえの
ように揺れている

しののめのフェンスに蟬は羽化しおりまだ青い翅は尖までのびず

浮き輪のような

一斉に蟬の鳴き出す時刻あり蒲団の中に目を
開けて聞く

藍染のハンカチはよく水を吸う雨降る下を過ぎ来し頬の

蚊取り線香にふらふらとして落ちにける蚊を寝ながらにわれは見ている

簡単に手は放されて手は泣けり生きているのが厭だと泣けり

お祭の前前前夜提灯のみ揺れて団地の広場は静か

夏雲の湧けば体は海のにおい嗅いでるような、浮き輪のような

林立五

幾本か影立ちている白壁に風吹けど青い影は
動かず

遺品

特注の原稿用紙の朱の枡にころがるようにや
わらかき字は

ライターの火を立たせつつ夏の夜の湿気を吸いし煙草を当てる

明治二十七年発行『日本風景論』における杉は松柏科植物に属さる

「松や、松や、何ぞ民人の性情を感化するの偉大なる、」以下、

特に日本は松柏科植物に富むこと實に全世界中第一、卽ち黒松《オマツ》、赤松《メマツ》、五鬚松《ゴエフノマツ》、リウキウマツ、海松《テウセンマツ》、檜《イブキ》、杜松《ネズ》、ハヒネズ、シマムロ、杉、樅《モミ》、アヲボウモミ、トヾマツ、シラビソ、ハリモミ、トウヒ、エゾマツ、コウヤウサン、金松《カウヤマキ》、水松《スキシヤウ》、イチヰ、キヤラボク、落葉松《フジマツ》、羅漢松《マキ》、竹柏《ナギ》、公孫樹《イテウ》、羅漢柏《アスナロ》、ヒノキ、サハラ、ヒムロ、側柏《コノテガシハ》、イトスギ、ニホヒヒバ、ヒヨクヒバ、ゴラウヒバ、オニヒバ、スイリウヒバ、榧《カヤ》、粗榧《イヌカヤ》、寧ろ列擧するに遑なからんとす、

松柏科植物はまた「日本國民の氣象を涵養するに足るもの」とて、

ひさかたの日照りつづきて球場をめぐる檜《ひのき》の
総毛立つ見ゆ

静脈の裡に動脈太々と脈打つことの夏は苦し
く

夏の陽に干された一本のジーンズは弟のもの
熱く重たき

国民を涵養したる風景とわれはさもしく杉を
見ている

自らの下陰に降るひそけさの杉落葉　夏の季語なり

しくしくと林床《りんしょう》に踏む杉落葉ここでは遠い蟬の諸声

もう秋は鼻の先まで飛んで来てトンボのよう
に静止している

四人家族の向うに続く畦道にけんもほろろの
陽は差しており

会わざりしこの夏の陽に日焼けした人の額を
まぶしみて見つ

瀟洒たる日本の秋は熟れながら野葡萄の実の
一つ一ついろづく

すどおりする風は秋風、伽羅木《きゃらぼく》の夕日の色の
実を食べてみる

千代田線は常磐線に切り替わり背高泡立草に
雨降る

百日紅の幹

氷水にいくども顔をひたしおり夏に疲れた顔
面の冷ゆ

百日紅の幹すべりゆくひさかたの秋の日白し
この道のべに

ちはやぶる神通川《じんずうがわ》の川の瀬を涙のように鮎の
背はゆく

地獄谷秋の明るき日のなかに硫黄の煙幾つも
立てる

あらがねの地獄極楽灰燼をしみ出づる湯の滾
ちて地獄

願念寺に夜は更けつつ障子際に迫りて聞こゆ
虫のもろ声

この庭にひしめきている虫の音の人の笑いの
止みて聞こゆる

あさぼらけ食卓に目を擦りつつ短い睫毛ゆび
につきたり

林立六

木は生きるために根から水分を吸い上げますが、この水分の通り道があるのが辺材、水分の通り道の役割を終えて、樹体支持の役割を担っているのが心材です。見た目でいうと、ベイマツではこの断面の中の赤っぽいところが「心材」、白っぽいところが「辺材」と呼ばれます。

「心材と辺材ってなに?」―― 東亜林業株式会社ＨＰ

水筒を携えてゆく山の道　木の生き方は人間と違う

木の外側は新しい部位です。髪の毛は根元から伸びている・・というのはとてもユニークな面白いたとえですね。

縷々として夏、秋、冬を杉の木は杉の花粉をこぼしいるとう

木は光合成をして、デンプン層が形成されてまだ新しいところが外側の白太（しらた）です。杉やヒノキは水分がとっても多く含まれています。その白太が安定化・角質化したのが赤身と呼ばれる部位です。白太がやがて赤身になるんですね。

CO2を吸収してそれを体内に固定化したばっかの生まれたばかりのとこが白太で、それがやがて赤身になって、赤身もやがてはCO2を放出する側にまわって朽ちていきます。朽ちるという事はCO2を放出するということでもあります。あと燃やすということもそうです。

老木はその内部から朽ちていくんですね。外側の白太はいまだにCO2を吸収していても内部はCO2を放出する側にまわっているというのが老木、大木ということになります。相殺すると、吸収している量より、それまでため込んだCO2を放出する方が多くなっているのが老樹ということになります。

木より木へ通う霧はも木の影を洗い流している深い雨

白太はボジョレーヌーボーで赤身は熟成されたワインみたいなもんかな。杉なんかは白太の水分はそれなりに最近できた新しい水分でしょうが、赤身となってからは赤身に含まれる水分は木の内部でほとんど移動しないらしいです（だから動かない水分だから木材となっても乾燥しづらい水分になるんでしょうね）。

杉山に杉は育ちて山暗し文筆彬彬たる君子もあらず

「じゃあ樹齢200年の杉の赤身の水分って200年前の水分なの？ 100%じゃないとしても半分とかは200年前の水分なの？」ということになりますが、その真実まではわかりません。ただ杉の水分の液化した水を密閉した容器にいれといたところ、約1年たちますがまだ腐ってはいませんね。

（加藤政実ブログ「百年杉と共に」）

横たわる水の重たさ見ていたり繋がれたまま
ボートは朽ちて

刈り立ての木の重たさの山肌にずっしりと倒るるまでの数秒

天乾《てんかん》、風乾《ふうかん》、つまり野晒しの数カ月、あるいは数年杉が乾きゆく

どこかで立ち上がる男根は鎮守の杜に吊るさ
れて赤々と鳥の囀り俄かに山は粗削り

己が根を忘れ上へと伸びてゆく山のなだりに
整然として

背高泡立草とススキの攻防の関ヶ原のごとき
常磐線の車窓

梨のつぶて

梨のつぶてのかなしみの梨手に持ちて十月四
日の朝は明けたり

巻き尺を巻き戻しゆく　秋の陽が斜に射せるテーブルの辺に

秋あかね田んぼの上に浮いている風は遠くから吹いてくるけど

ともだちが捨ててゆきたるレシートを財布に
しまう確定申告のため

おのおのがおのおのに疲れゆくこの秋の近き
ところに雀降り立つ

噴水のここまで来れば水しぶき顔に当ってわが顔光る

秋雨のやみて鏡のような道しぶかせてゆくわれの自転車

手の大きさ

目黒川見下ろしているこの窓をこれから私は
ずっと見つめる

春になれば桜が咲くのを知っている目黒川に
まず長い冬がある

佐太郎は槻木ばかりを詠いおりまるで槻木だ
らけのように

屋上に上がればここは昔から知っていた場所
キャンバスを張る場所

白熱灯の電球を手に持ちながら手の大きさを
考えている

薬缶を買わなければ　薬缶は音を立て煙を吐き呼吸をはじめる

氷上

よく廻《ま》はる。はははははは。よく廻はる。彼女は魚のやうに
腕をくるくる廻はす。はははははは。よく廻はる、廻はる、廻はる。

——北川冬彦

氷上のひょうじょうの上ゆるやかに金メダリスト・キム・ヨナまわる

透明な声吐き捨ててゆく道にきわやかに砂利、冬の先触れ

がらんどうに冬が来ている屋上に蒲団かつぎ
て蒲団を干さん

人の顔つくづくと見て帰り来つ眉毛の動きを
わが眉は覚ゆ

思い出は丸い輪のなかに閉じ込めてそこから
煙草の煙はのぼる

タンカタンカタンカタンカタンカタンカタン
カタンカタン　オーライ！

飛び立った白い鳥だよ投げ縄に首をとられて
落ちているのは

笑うのは実に簡単簡明にて嚝《こう》嚝《こう》と笑う冬が来
ている

三徳ビルに蜘蛛の糸ほどかぼそかる冬枯れの
蔦凝る白壁

前へならえ！させられるときどうしても真っ
直ぐ伸びぬ腕の関節

カーテンのまだついていない窓の端に外に流れる生活を見る

目黒川を叩きのめされた桜紅葉の嗚呼赤い赤い目黒川

奪われたり奪ったりして鉛筆は家の中にて短くなりぬ

せめてせめてコーヒー飲もう透明な息で私の喉はふさがる

十二月師走年末大晦日桜吹雪のように忙《せわ》しい

裸眼

山あれば雲の立ちたち虹ひとつ点きては消ゆる風の加減に

三ツ矢サイダーの工場は更地となり雨上がり
湖のように小波が立つ

疲れたるわが手の平がゆうまぐれ早い日暮れ
のなかをひらひら

のどぼとけわれにもあるか怒りたるのちのか
なしみに唾をのむとき

北風がまなこをあらう川べりの道には桜並木
の裸

新しいブーツに踏めるこの道は空気のように
すかすかとなる

裸眼らがん冬の空気は冷えていてあっけらか
んと空を広げる

癇癪がまた火のようにこめかみを熱くしたから枯葉を拾う

林立七

神なびの神寄せ板にする杉の思ひも過ぎず恋の繁きに　万葉集一七七三

いにしへの人の植ゑけむ杉が枝に霞たなびく春は来ぬらし　万葉集一八一四

むらくもの　杉の立ち立ち　過ぎゆける　電
車の窓に　日は翳り　欠伸は顔を　覆ひつつ
　涙ながれて　霞む目に　車窓に迫り　杉木
立　過ぎる電車に　風生《あ》れど　微動だにせず
　針葉樹　車窓を離《か》りて　あしひきの　山を
覆へば　さびしかる　われの頭に　生えてく
る　その侘しさに　退屈に　涙流して　顔面
に　雫は流れ　あしひきの　山の断面　雪崩
れつつ　あれよあれよと　杉の根の　髭根の
やうな　根は見えて　根こそぎに杉　倒るる
は　なびけるごとし　そのかみの　人の植ゐ
けむ　この杉は　焼け野原なる　この国を

立て直さむと　人々の　願ひを負ひて　よく
育ち　半世紀経《ふ》り　そらみつ　大和の国に
育ちすぎ　真直ぐに伸びて　あかねさす　日
本列島　おしなべて　杉の立ち立つ　しきな
べて　杉の林立　春来れば　起これる風に
杉山は　煙のごとく　杉花粉　立ち上りたり
　白妙の　マスクの民は　かがなべて　花粉
に春を　涙せる　もののあわれに　鼻垂りて
　人ふり仰ぐ　金縛りの　空を突き刺し　び
りじあん　おりえんたるぐりーん　くろむぐ
りーん　コバルトグリーンイエローシェード
侘しさの　きはみも知らに　つらなれる

「杉？ああ、あれは　草ですわ」　夏草の
思ひしなえて　なびけこの杉

反歌二首

いにしへの人の植ゑけむ杉が枝に花粉たなびく春は来ぬらし
哀しみは板から放射されており根も葉もなくて杉の断面

二〇一一年

一月

正月の凍てた道路に轟いて消防車三台走り過ぎたり

年越しをしたる感慨希薄にて朝から父と向き合っている

わが新居を己が拠点として立てる弟の計画わ
れは聞きおり

弟が出たり入ったりする家の付けっぱなしの
テレビの前に父

コーヒーのみるみる減ってゆく家に今日三度目のコーヒーを淹れる

わが部屋にしまわれている白うさぎ白い睫に眸をしまう

風のない寒さは好きだ足音を夜に響かせ路上をわたる

二日深夜たばこを買いにゆく道は深閑として弟に会う

二月

正月明けに引っ越したことにも思い及び異様
に長き睦月は終る

この道の春を知らざるわれのため如月ながら
風は春めく

わが出でし家にて白いうさぎはも死にたり母
が土に埋めたり

死んだ白い兎の毛ゆびにつまみとる私の部屋着のカーディガンから

大人しき白いうさぎは大人しく死にゆきたればその死は淡き

ときどきは覚えさせんと意識して〈みみ〉と
呼びたれど〈みみ〉にはならず

大根の白さくさくと切ってゆく雪ふむように
俎の上

美しきうさぎであった　青畳を月のうさぎの
ように跳ね跳ぶ

夕べにはともし火のように声が点《つ》く行人坂を
風下りゆく

友だち

凧みたいな友だち連れて街をゆく風吹けば高く揚がる友だち

三月

気持ちよき言葉を交わし　地滑りのようなり
ハコベ咲いていたっけ

家、家、家ってなんだろう電気、ガス、水道、
物が詰まって、人、家族

自分は偽善者だとか実際には何も感じない人
間だとかつまり本当は冷たい人間だとか

心を入れ替えて入れ替えて入れ替えた心の前
にも怖い現実

ウミネコが背後に飛んでニュースキャスターは向
こう側からあちら側まで放射能が、瓦礫が、と

チェルノブイリが他人事であるということを
心を込めて思い来しかな

トンネルがきゅうにここまでのびてきて呑み
込まれたるあ、夜か

いつか行かんと思いいいし町なりしが町は消え
てしまいたりしが行かん

二〇一一年四月の目黒川の桜

第二十五回目黒川「桜まつり」は「灯火のない
ボンボリまつり」になりつつ

隣の枝から枝に花吹かれぼんぼりとぼんぼり
はぶつかる

紙風船が吹かれるほどの風に浮くさくらはな
びら川は吸い寄す

岩手県大槌町の五月　一

圧倒的空の広さに驚けりばら撒かれたように
カモメが飛ぶよ

路地ゆけば家から紅い敷布団はみ出して妙に明るい天気

人が住みいし気配はせまり昇りゆく階段の上に巣をつくる燕

海《うな》底《ぞこ》より持ち上げられたこのへどろアパート
二階の床に持ち上ぐ

ゴーグルに押し下げられゆくマスクから鼻の
頭がこぼれてしまう

大いなる鋤とも思う日の射して陸から海へ瓦
礫が続く

岩手県大槌町の五月　二

長靴の歩みの底にたまりくる汗ひきずりてへドロを歩む

やわらかに言い含めるように語らるるイング
リッシュは通りすぎけり

ふくらはぎ張りつめてくるぞろぞろと魚の死
にせるところ歩みて

堤防の崩れし河口のそこらじゅうに止まりいるかも海鳥白し

屋根のみがかたちのこして朝光を反射している海のほうに

たくさんの雨受けながら体から失せた光がまた照りてくる

瓦礫を見んと顔あげるとき海風は向かい風なり目に瓦礫入る

色域

緑　からでんぐり返しで　赤　になる　なん
ちゃって　黒　つぶれているよ

ならんでる　赤　白　黄色　遠くから　青
励ましにやってくるのだ

降り積もる　赤　に埋まり　黄緑　が　黄
を吸い込んで　緑　吐き出す

強く　赤　を押し出してゆく　黄緑　の　暗
緑色　の　緑　を思え

黄　を追って　白　はゆきけり　大いなる
青　後ろから馳せ来たる　青

どれくらい力を入れたら　赤　黒　青　踏ん
張って　黄　勝ち抜くだろう

紫　に打ち勝つためにどんぶらと　赤　青
緑　押し寄せている

死にそうな　赤　に足しゆく　橙　の混ざる
混ぜ混ぜすれば　肌色

黄　が泣けばにじんでゆける　紫　に　緑を
足して　黄色　ひたひた

夕暮れの　紫色　を食べてゆく　川色　の
川　だけの夕暮れ

日本列島は長い

うち日さす京の都に大文字の火をば護れる民
のあるとう

二〇一一年　夏

日傘の下にわれが見ている蝶々の影ひとつ路地の乾きに染みる

民主党は非難されつつ天皇は感謝されつつ夏に入りけり

「東北地方太平洋沖地震」

ウィキペディアは既に設立されており項目は
十三章に及び

この夏が否が応にも嫌いなりジーンズが今日
履けなくなった

生きいることの嗚呼生臭くよたよたと夏雲が
頭の裡側に入る

私の住む目黒区下目黒は昭和二十年三月十日堀田善衛が疎開し
ていた洗足にもほど近い

空襲を免れし土地にゆるやかな道の蛇行が残
されている

浅草、深川、本所、城東、壊滅と。区名もろともに戦後あらざる

マグニチュード9・0の地震には倒壊せざりし家屋町並み

降り注ぐ爆弾と焼夷弾の違い判然とせず読み
進む『東京大空襲』

雅叙園の反射光に照るわが部屋のペットボト
ルは蒸気をあげる

トイレットペーパーを手にたぐりつつ通過し
ている白い思い出

疾うにひいた波をふたたび思い出す歳月の中
に私は居ない

目覚め方が思い出せないわれを容れ罅割れて
まだ揺れるアパート

生霊のごとくになりて夜の更けは汗のような
る涙が流る

ぬるい微風にときおり吹かれ白むくげティッシュのような襤褸襤褸に咲く

お祭みたいねと言いながらわれ蛾のような燐粉散らして夜の飲食街に

いろいろな場所に引き戻されながら夕焼けが
私の中でまとまる

瓦礫撤去されたるのちの真っ平ら日時計のよ
うに立つ人が居る

藪枯らしの花咲いている線路脇に横ざまに動く東京を見る

大海に子供を釣りぬこの子供われが育てん楽しく育てん

五月に行った大槌町のことを思う今は秋

木の高いところに縺れている紐を海からの風
が乾かしている

あ、向うにも青いボランティアの集団がどこかに向かう

小学校のフェンスは削がれ道端に露出しているプール明るし

水張りて空の青さのプールなりのぞけば深くへどろが沈む

人の住みいし気配はへどろにまざりいて片付けるときへどろと思う

私たちがまた来るときのために阿部さんは瓦
礫の中に住所を連呼せり

五月に行った大槌町のことを思う今は秋、既
にないだろう瓦礫も

ふかくふかく海食い込みしその土地は人間の
手には未だ還らず

平らなる舗道の上にこの秋の疲れやすき足一
歩一歩運ぶ

人間が人間を忘れてゆくような秋の日差しを
眼に入れる

あとがき

子供のころ、キリン草（と呼んでいたが、背高泡立草）に腹を立てていた。人間のせいで持ち込まれたこの外来種が、すすきを追いやっている。そこで、近所の子供たちを引き連れて空き地へ行くと、キリン草を抜きはじめた。子供たちはすぐにいなくなったが、私は自分より背の高いキリン草にしがみついて抜く。根こそぎ抜く。抜いても抜いてもキリン草がぎっしりある。あたりは暗くなり、手のひらが熱を持ち、血がにじんだ。

キリン草と同じような理屈から、私は杉にも腹を立てていた。

この歌集は『屋上の人屋上の鳥』、『風とマルス』に続く三冊目の歌集にあたり、二〇一〇年一月から二〇一一年秋までの、三〇九首と、長歌を含む。

二〇一〇年に「塔」で作品連載の機会をいただいた。杉、という題材で連作を作りたいと思っていたところだった。杉、には自分のやり方で、日本とか国家とか戦争というものを掘り下げていける予感があって興奮していた。それまで私は日常を基盤に歌をつくっていたし、今もそうなのだけれど、なぜ、そのとき、杉を題材にしたいと思ったのか。

その数年前から、山の土砂崩れが相次いでいて、そのニュース映像はどれも杉山だった。麻生内閣が杉の伐採を雇用対策にするという計画をニュースで耳にした。猛暑日と言われるような夏が増え、杉花粉の飛散が深刻になっていた。ＮＨＫのドキュメントで、畠山重篤さんという人を知った。彼は気仙沼で牡蠣養殖業を営んでいる人で、一九六〇年代半ば頃から深刻になっていた赤潮の原因が、海から離れた山の荒廃であることに気づいた。戦後の植林計画によって杉ばかりになった山が荒れて、そこから運ばれる河川水が海を汚染していたのだ。それから、畠山さんは海を蘇らせるために、杉山を里山に戻すという、大規模な構想を実現していったという。畠山重篤さんは、東日本大震災後の活動も注目されているのでぜひネットなどで調べてみて欲しいのですが、ともかく、二〇〇九年ごろに、自分の子供の頃からの杉への関心がちょうど繋がってきたということがあって、杉の連作をつくりたいという思いに至った。

この連作でどこまで自分の予感を引き出せたのかはよくわからないが、連作を終えた翌年に起きた東日本大震災以降、日本とか国家とか時代とかが、これまで感じたことのなかったような存在感を持ち、抗えない大きな波のようにも私には感じられる。
今の私には、「林立」当時の興奮が、もう思い出せないのだが、震災の前年に自分が引き付けられていた風景には、震災以降との連続が確かにあって、少しこわいような気もしている。

「林立」連載の機会をいただいた塔短歌会に、そして出版にあたって大変お世話になった奥田洋子さま、黒部隆洋さまはじめ本阿弥書店の皆様に心よりの感謝を申し上げます。

二〇一八年（平成三十年）八月十五日

花山周子

著者略歴

花山 周子（はなやま・しゅうこ）

一九八〇年　東京生まれ　千葉県で育つ
一九九九年　塔短歌会に入会
二〇〇七年『屋上の人屋上の鳥』（ながらみ書房）刊行
二〇一四年『風とマルス』（青磁社）刊行
　現在、塔短歌会所属　今橋愛との「主婦と兼業」

歌集　林立《りんりつ》　塔21世紀叢書第339篇
2018年12月１日　第１刷
著　者　花山　周子
装　幀　著者
発行者　奥田　洋子
発行所　本阿弥《ほんあみ》書店
東京都千代田区神田猿楽町2-1-8　三恵ビル　〒101-0064
電話　03-3294-7068（代）　振替00100-5-164430
印刷・製本　日本ハイコム㈱

ISBN978-4-7768-1402-3（3118）